Dibé Yázhí Táá'go Baa Hane'
The Three Little Sheep

Written by Seraphine G. Yazzie
Illustrated by Ryan Huna Smith
Navajo by Peter A. Thomas

Library of Congress Cataloging-in-Publication Data

Yazzie, Seraphine G.
The three little sheep / written by Seraphine G. Yazzie ; illustrated by Ryan Huna Smith ; translated by Peter A. Thomas.-- 1st ed.
p. cm.
In English and Navajo.
ISBN 13: 978-1-893354-09-8
ISBN 10: 1-893354-09-1
(hardcover : alk. paper) 1. Navajo Indians--Juvenile fiction. I. Smith, Ryan Huna, ill. II. Title.
PZ90.N38Y38 2006
[Fic]--dc
222005015782

Edited by Jessie Ruffenach
Navajo Translation by Peter Thomas
Navajo Editing by the Navajo Language Program at Northern Arizona University
Designed by Bahe Whitethorne, Jr.

Printed in China

First Printing, First Edition
12 11 10 09 08 07 06 10 9 8 7 6 5 4 3 2 1

The paper used in this publication meets the minimum requirements of the American National Standard for Information Sciences —
Permanence of Paper for Printed Library Materials, ANSI Z39.48-1984.

Salina Bookshelf, Inc.
Flagstaff, Arizona 86001
www.salinabookshelf.com

Dedication

To my beloved grandmother, Susan White Denipah, who was a great storyteller to her grandchildren.

Also, to my two beautiful daughters, Misty and Tyara, for encouraging me to write a fractured fairy tale.

— Seraphine

I would like to dedicate this book to my family, especially my children Heather, Taryn, and Ryan Jr. I have always believed in the power of literacy; it is the gateway to education and learning.

— Ryan

In memory of Brian, Melissa, and Audrey

Three inspired people whose work lives on

— Salina Bookshelf, Inc.

*Ł*AH DIBÉ YÁZHÍ TÁA'GO naakai. Bimá yił hooghan áłts'íísí léi' yii' dabighan. Hádą́ą́léiyá bimá 'ábiłní, t'áá nihí t'áá sahdii danihighan dooleeł. Bimá 'ábiłní, ahił haojé'igíí, t'áá nihí 'ák'i nidaołdzil bídahwiidooł'áałjį' hoolzhiizh.

*O*NCE UPON A TIME there were three little sheep. They lived with their mother in a small house. One day, their mother told the three little sheep that they would have to live on their own. She said it was time the brothers learned how to become self-sufficient.

Dibé Yázhí t'áá táa'go t'áadoo bee bohónéedzánígóó biniinaa t'óó dashdiikááh. Hayéél héél ádajiilaa 'áádóó hamá hágoónee' dabizhdidooniłgo biniiyé dajizts'os áádóó haghan 'áłts'íísí yéę bits'ą́ą́dóó dashdiikai. Níléí 'atiin góyaa dibé yázhí nikeekaigo hamá 'áháłní, "T'áá 'ałk'i dadínóoht'íí'! Ła' nihich'į' hodiiznáa'go nihik'is bich'į' dooháał, nihíká 'adoolwoł biniiyé. Ałhaa 'ádahołyą́ą́ dooleeł."

The three little sheep had no choice but to leave. They packed their belongings, kissed their mother good-bye, and left the little house.

"Look out for one another!" said Mother, as the three little sheep set off down the road. "If one of you gets into trouble, go to your brothers for help. You must take care of each other."

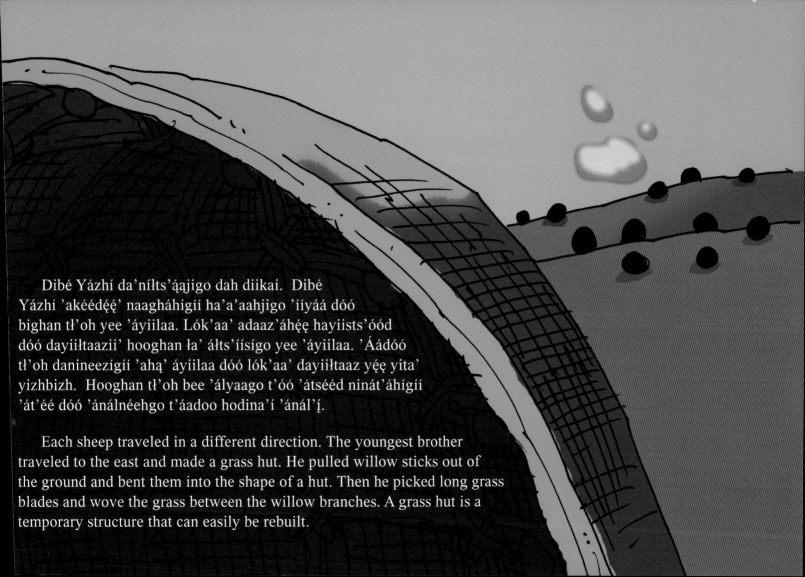

Dibé Yázhí da'niłts'ą́ą́jigo dah diikai. Dibé
Yázhí 'akéédę́ę́' naagháhígíí ha'a'aahjigo 'ííyáá dóó
bighan tł'oh yee 'áyiilaa. Lók'aa' adaaz'áhę́ę hayiists'óód
dóó dayiiłtaazii' hooghan ła' ałts'íísígo yee 'áyiilaa. 'Áádóó
tł'oh danineezígíí 'ahą' áyiilaa dóó lók'aa' dayiiłtaaz yę́ę yita'
yizhbizh. Hooghan tł'oh bee 'ályaago t'óó 'átsééd ninát'áhígíí
'át'éé dóó 'ánálnéehgo t'áadoo hodina'í 'ánál'į.

Each sheep traveled in a different direction. The youngest brother
traveled to the east and made a grass hut. He pulled willow sticks out of
the ground and bent them into the shape of a hut. Then he picked long grass
blades and wove the grass between the willow branches. A grass hut is a
temporary structure that can easily be rebuilt.

Dibé Yázhí 'ata' góne' naagháhígíí náhookǫsjigo 'ííyáá dóó 'ałch'į' adeez'á ła' áyiilaa.
T'iisbéí yiyíítseel dóó yíyíízǫ́ǫ́z áádóó tsin danineezígíí yee 'áyiilaa.
'Áádóó 'abání díkwíigo shį́į́ 'ats'id yee ahídeiidiiłkad.
Áádóó 'abání 'ałch'į' adeez'á yik'íísti'. Ałch'į' adeez'á t'óó 'átsééd ninát'ááh dóó nááná
háajį' da ninádeesh'ááł jiniizį́į́'go t'áá bee bohónéedzą́.

The middle brother traveled to the north and made a tepee. He chopped down several
aspen trees and peeled off the bark to make poles. Then he took several deer hides and sewed
them together with sinew. He placed the hides around the frame of the tepee. A tepee is a
temporary structure which can be taken down and moved from place to place.

Dibé Yázhí ’aláąjį’ naagháhígíí shádi’áahjigo
’ííyáá dóó hooghan nímazí ’áyiilaa.

Gad díkwíishįį yiyíítseel dóó tseebíijį’go
’adeez’á yik’ehgo niyiiznil.

Áádóó tsin ałk’idaastł’inígíí bighá dahasdzą́ą́
góne’ hashtł’ish dóó ’ahásht’óózh dóó tł’oh yee
dáada’deeshdléézh. Hooghan nímazí bikáá’déę́
t’áá ch’íhoodzą́ągo ’áyiilaa, ’áádóó ’ákóne’
béésh bii’ kǫ’í bizooł ch’íinítsih. Hooghan
nímazí ’ál’įįhgo nízaadgóó si’ą́ą́ łeh.

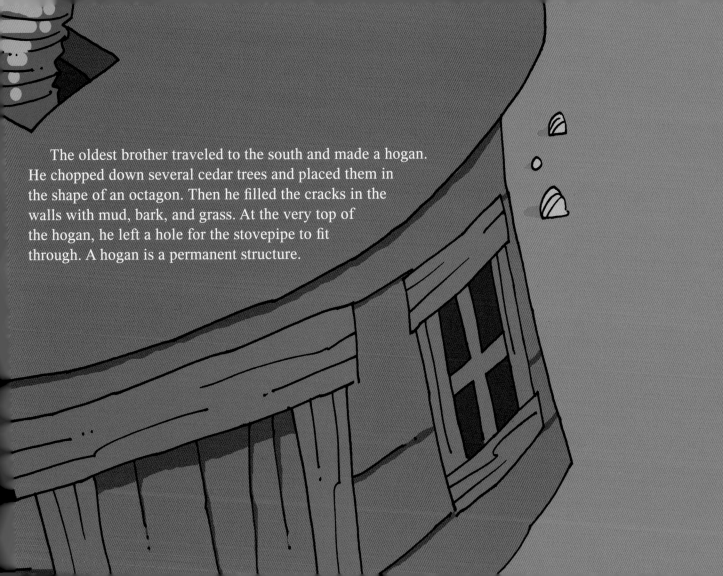

The oldest brother traveled to the south and made a hogan. He chopped down several cedar trees and placed them in the shape of an octagon. Then he filled the cracks in the walls with mud, bark, and grass. At the very top of the hogan, he left a hole for the stovepipe to fit through. A hogan is a permanent structure.

Dibé Yázhí t'áá táa'go bimá yighan yits'ą́ą́dóó dah diikaiígíí Ma'ii t'áá'íídą́ą́' bił bééhoozin. Dibé Yázhí 'akéédę́ę́ naagháhígíí, ha'a'aahjigo 'ííyáhę́ę yikéé' dah diildloozh. Ma'ii Dibé Yázhí bighan tł'oh bee 'ályaa yę́ędi níyáago 'ání, "Dibé Yázhí, Dibé Yázhí, yah iishą́ą́h! Éí doodago t'áadoo shá 'ą́ą́ íinilaagóó nighan tł'oh bee 'ályaaigíí 'ałtso nits'ą́ą́ ahxiih bízdeesoł!"

"Nówohjį' anilyeed!" níí lá dibé yázhí 'akéédę́ę́ naagháhígíí. "Doo ná 'ą́ą́ 'ádeeshłííł da!"

'Áádóó Ma'ii hááhíyoołgo Dibé Yázhí bighan tł'oh bee 'ályaa yę́ę 'ahxiih ayídzíísol. Dibé Yázhí 'akéédę́ę́ naagháhígíí dah diilwodii' níléí t'áá yilwołí náhookǫsjigo bínaaí 'ata' góne' naagháhígíí, 'ałch'į' adeez'á bee hooghan áyiilaa yę́ę, yighandi yílwod.

"Ma'ii shighan tł'oh bee 'iishłaa yę́ę shits'ą́ą́ naa'ayídzíísol!" níigo chah yidisih. "Shidoolghał nízingo shį́į́ yiniinaa."

"T'áadoo baa níni'í," ní hánaaí 'ata' góne' naagháhígíí. "Shił síníkéego doo nich'į' haada hodooníił da. Ma'ii 'éí shi'ałch'į' adeez'á doo naa'ayízdoosoł da. K'ad nihinii' diilchííh dóó sin ła' nididiit'ááł."

Of course, Coyote soon learned that the three little sheep had left home. He decided to follow the littlest brother, who had gone to the east. When he arrived at the grass hut, he said, "Little Sheep, Little Sheep, let me in! Or I will huff and puff and blow your grass hut in!"

"Go away!" answered the littlest sheep. "I won't let you in!"

So Coyote huffed and puffed and blew the grass hut down. The littlest brother ran as fast as he could until he reached the tepee of the middle brother, who lived in the north.

"Coyote blew my grass hut down!" he sniffled. "He probably wanted to eat me!"

"Don't worry," said the middle brother. "You are safe with me. Coyote could never blow down my tepee. Now, let's put on war paint and sing some songs."

Ma'ii Dibé Yázhí 'akéédȩ́ȩ́' naagháhígíí
náhookǫsjigo yikéé' yílwod. Ma'ii 'ałch'į'
adeez'á si'áneedi yílwod, nít'ȩ́ȩ́' wóne' ásaa'
jiłhaał yiits'a'go yidiizts'ą́ą́'. Ma'ii 'ahídeesnii'go
'ayóó 'iits'a'go 'ádíiniid, nít'ȩ́ȩ́' Dibé Yázhí
t'áá 'áłah násdzííd. Dibé Yázhí 'ásaa' yiłhaał yȩ́ȩ
nayííłne' dóó bitah aho'di'niitsxiz.

Coyote followed the littlest brother to the north.
When Coyote arrived at the tepee, he heard a drum
beating inside. Coyote rubbed his paws together, and
then howled so loudly that both brothers became
scared. The two little sheep dropped their drums
and began trembling.

Ma'ii 'ábíłní, "Dibé Yázhí, Dibé Yázhí, yah iisháah! Éí doodago ni 'ałch'į' adeez'á
nits'ą́ą́' ałtso ahiih bízdeesoł!"

"Níwohjį' anilyeed!" biłní, Dibé Yázhí. "Doo ná 'ą́ą́ 'ádiilníił da!"

'Áádóó Ma'ii háahíyoołgo hooghan ałch'į' adeez'á
yę́ę ahiih ayídzíísol. Dibé Yázhí t'ááłáhígi 'át'éego
níléí shádi'áahjigo bínaaí 'ałą́ąjį' naagháhígíí bighan
nimazí si'ánígóó 'ahi'neelchą́ą́.

Coyote said, "Little Sheep, Little Sheep, let me in! Or I will huff and puff and blow your tepee in!"

"Go away!" answered the two little sheep. "We won't let you in!"

So Coyote huffed and puffed and blew the tepee down. The two little sheep ran as fast as they could to the hogan of their oldest brother, who lived in the south.

Dibé Yázhí 'aláąji' naagháhígíí bighan nímazí ts'ídá 'ałtso 'áyiilaago t'ah nít'ę́ę́' aadę́ę́' bitsilíké bich'į' ahi'noolchéełgo yiyiiłtsá. T'áá bahat'aadí bitsilíké ha'át'íishį́į́ yik'ee bił yéé' hazlį́į́ nahalin, áko wóshdę́ę́' yah ahi'nołchééh yidíiniid.

Dáádílkał bine'dę́ę́' t'óó dá'di'nítą́ągo Dibé Yázhí bínaaí yił aho'niilne', "Ma'ii shighan ałch'į' adeez'á yę́ę́ naa'ayídzíísol!" níigo chah disih. "Hodeeshdił nízingo shį́į́ 'át'į́į́ nít'ę́ę́'."

"T'áadoo baa nihíni'í," biłní bínaaí, shádi'ááhdę́ę́' naagháhígíí. "Shighan nímazí bii' nahísíitą́ągo t'áá hasihgo haz'ą́. Gad ts'ídá danitł'izii shighan bee 'iishłaa, 'áádóó hashtł'ish bee bita' dashédléezhgo bee niłdzil. Ma'ii díí hooghan nímazí ts'ídá doo naa 'ayízdoosoł da."

Dibé Yázhí 'atsilíké nilínígíí honeeteehída yidzí'ígíí yik'ee bik'i hooldoh dóó bił hóózhǫǫd. Dibé Yázhí t'áála' háájé'ę́ę́ gohwééh deiishbéézh áádóó dá'aka' hadeiiznil dóó da'dika'go yaa nídiikai.

The oldest brother had just finished building his hogan when he saw his two brothers running toward him. The oldest brother noticed they were frightened, so he told them to come inside.

"Coyote blew the tepee down!" they sniffled, as soon as the hogan door was closed behind them. "He probably wanted to eat us!"

"Don't worry," said the oldest brother. "We are safe in my hogan. I selected the strongest cedar branches to make the walls, and I strengthened the walls with mud. Coyote could never blow down this hogan."

The two younger brothers were relieved to know they were safe and quickly cheered up. The brothers brewed a pot of coffee, got out a deck of cards, and began playing card games.

Díkwíí shį́į́ dah alzhin azlį́į́'go Ma'ii Dibé Yázhí
bighan nímazí si'ą́ą́gi yílwod. "'Átsą́ą́' ła' nisin!"
níigo Ma'ii 'ahídílnih. "K'ad lą́ą́ dibé yázhí tált'éego
hooghan nímazí biyi' góne' tsístł'ah danéłchą́ą́ ni."
    Ma'ii t'ą́ą' neezdáá dóó 'áníigo yaa
nídiidzá. 'Ayóó 'iits'a'go 'ánii nidi, Dibé
Yázhí doo nidi béédaaldzid da nahalin.
Áádóó Ma'ii tsésǫ' biníká dídéesh'į́į́ł niizį́į́'.
Yik'íníghalígíí ga' doo yoodlą́ą́ da!
    Dibé Yázhí bikáá' adání yich'į' naháaztą́ą́go
gohwééh ádá nídeiidiidzi'go dá'áka' "Neeznáá Dah
Yijihígíí" yee nidaané!

    Coyote arrived at the hogan a few minutes later.
"I want mutton ribs!" said Coyote, rubbing his paws
together. "And now I have three little sheep, all
trapped together in a hogan."
    Coyote sat back on his haunches and began
howling. However, no matter how loudly
he howled, he did not seem to be able to
frighten the sheep. Coyote decided he
would peek inside one of the hogan
windows. He couldn't believe what he
saw! The three little sheep were sitting
around the table, sipping coffee, and
playing Navajo Ten!

Ma'ii dibé yázhí t'áá táa'go doo nídaaldzidígíí yik'ee báhóóchįįd. Hááhgóóshį́į
Ma'ii t'áá niná'deet'įįdjį' 'ayóó 'íits'a'go 'áníí dóó nahał'ingo hooghan nímazí
yináalwoł. 'Áko nidi Dibé Yázhí t'áadoo nidi nídaasdzíid da. Dibé
Yázhí 'akéédę́ę́ naagháhígíí ch'é'étiindę́ę́ ch'íneelne'go 'ání,
"T'ááshǫǫdí, t'áadoo 'ánídi'niihí! Da'diika' yéeni' nanihíníłtł'ah!"
Ma'ii 'ánídi'niih yę́ę 'áhodiilzee'. Áádóó Ma'ii 'ání,
"Dibé Yázhí, Dibé Yázhí, yah iisháah. Éí doodago
'éí nighan nímazí nihits'ą́ą' ałtso ahiih
abizdeesoł!"

"Hooghan nímazí 'ahiih bídzísoołgo
doo bíninil'ą́ą da," dahałní, Dibé Yázhí
t'áá táa'go.

Coyote was furious that the three little sheep were not scared. He raced around the hogan, howling and yipping as loudly as he could. However, the three little sheep still didn't become frightened. In fact, the littlest sheep stuck his head out the hogan door and said, "Please stop howling! You are interrupting our card game!"

Coyote stopped howling. He said, "Little Sheep, Little Sheep, let me in! Or I will huff and puff and blow your hogan in!"

"You can't blow down this hogan!" answered the three little sheep.

'Áko Ma'ii yéego
ídił hááháyoołgo Dibé Yázhí
ghan nímazí yisoł. Aadóó 'ádił
ínááháyoołgo dibé yázhí bighan nímazí náánéíísoł.
ádóó 'ádił hanínááháyoołgo dibé yázhí bighan nímazí
iánéíísoł. Áko nidi, hooghan nímazí t'áadoo naa'ayídziísol
. T'áadoo nidi hooghan nímazí bii' hodiists'áą' da.
   Dibé Yázhí t'áá táa'go t'óó haadaadloh dóó Ma'ii t'óó yá
dahałt'i'go yaa nídiikai.'Áko nidi, Ma'ii 'éí dibé yázhí t'áá
ı'go deeshdiłł ınízin.

So Coyote huffed and puffed. And he huffed and puffed. And he huffed and puffed again. However, the hogan didn't blow down. The walls didn't even creak.
   The three little sheep started to laugh and tease Coyote. However, Coyote was determined to eat the three little sheep.

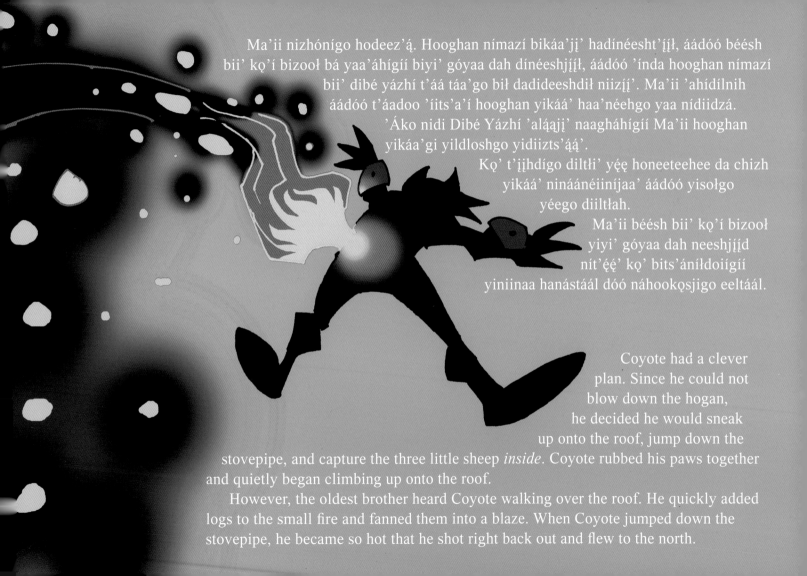

Ma'ii nizhónígo hodeez'á. Hooghan nímazí bikáa'jj' hadínéesht'jjł, áádóó béésh
bii' kǫ'í bizooł bá yaa'áhígíí biyi' góyaa dah díneeshjjjł, áádóó 'índa hooghan nímazí
bii' dibé yázhí t'áá táa'go bił dadideeshdił niizjj'. Ma'ii 'ahídílnih
áádóó t'áadoo 'iits'a'í hooghan yikáa' haa'néehgo yaa nídiidzá.
'Áko nidi Dibé Yázhí 'aláąjj' naagháhígíí Ma'ii hooghan
yikáa'gi yildloshgo yidiizts'ą́ą́'.
Kǫ' t'jjhdígo diltłi' yę́ę honeeteehee da chizh
yikáá' nináánéiiníjaa' áádóó yisołgo
yéego diiltłah.
Ma'ii béésh bii' kǫ'í bizooł
yiyi' góyaa dah neeshjjjd
nít'éę' kǫ' bits'áníłdoiígíí
yiniinaa hanástáál dóó náhookǫsjigo eeltáál.

Coyote had a clever
plan. Since he could not
blow down the hogan,
he decided he would sneak
up onto the roof, jump down the
stovepipe, and capture the three little sheep *inside*. Coyote rubbed his paws together
and quietly began climbing up onto the roof.
However, the oldest brother heard Coyote walking over the roof. He quickly added
logs to the small fire and fanned them into a blaze. When Coyote jumped down the
stovepipe, he became so hot that he shot right back out and flew to the north.

Éí biniinaa, díísh jį́įdi, Ma'ii náhookǫsdę́ę'go hadááh gónaa dah diildloshgo doo yá'át'éeh da, jiní. Jó Dibé Yázhí t'áadoo yooldélę́ę yiniinaa t'ah nidii yik'ee báháchxį', jiní.

To this day, it is said that Coyote will try to give you bad luck if you cross his path from the north. He is still angry that he did not get to eat the three little sheep.